BELLE COLLECTION

OBJETS DE LA CHINE

ET DU JAPON

BRONZES — PORCELAINES — LAQUES

EMAUX CLOISONNÉS

ETOFFES

MATIÈRES PRÉCIEUSES

Exposition publique:

Le Mardi 9 Avril 1872

Mᵉ CHARLES PILLET
COMMISSAIRE-PRISEUR
10, rue de la Grange-Batelière,

M. CH. MANNHEIM
EXPERT,
7, rue Saint-Georges, 7.

CATALOGUE

OBJETS DE LA CHINE

ET DU JAPON

PORCELAINES — BRONZES — LAQUES

ÉMAUX CLOISONNÉS

MATIÈRES PRÉCIEUSES — SCULPTURES — ÉTOFFES

DONT LA VENTE AURA LIEU

HOTEL DROUOT, SALLE Nº 2,

Les Mercredi 10 et Jeudi 11 Avril 1872

A une heure et demie.

Par le ministère de Mᵉ CHARLES PILLET, commissaire-priseur,
rue de la Grange-Batelière, 10.

Assisté de M. CHARLES MANNHEIM, expert, rue Saint-Georges, 7.

Chez lesquels se trouve le présent Catalogue

Exposition publique : Le Mardi 9 Avril 1872.

DE UNE HEURE A CINQ HEURES

CONDITIONS DE LA VENTE.

Elle sera faite au comptant.

Les adjudicataires payeront *cinq pour cent* en sus des enchères.

L'exposition mettant le public à même de se rendre compte de l'état des objets, il ne sera admis aucune réclamation une fois l'adjudication prononcée.

Paris. — Typ. PILLET fils aîné, 5, rue des Grands-Augustins.

DÉSIGNATION DES OBJETS

ÉMAUX CLOISONNÉS
DE LA CHINE

1 — Deux beaux vases de forme ovoïde, à couvercle et à anses, en émail cloisonné de la Chine, fond bleu turquoise, décorés d'ornements variés et de palmettes ou lambrequins ornés, sur fond jaune. Les anses, à têtes de dragons, sont en bronze doré et rehaussées de points d'émail.

2 — Deux grandes et belles jardinières de forme ronde, décorées de plantes aquatiques sur fond bleu turquoise, et d'ornements et rosaces, sur fond rouge.

3 — Deux beaux vases forme rouleau, décorés de poissons et de plantes aquatiques émaillés en couleurs, sur fond noir.

4 — Deux vases forme balustre à panse sphérique et à deux anses en bronze doré garnies d'anneaux mou-

vants. La panse est décorée de fleurs et d'oiseaux émaillés en couleurs sur fond gros bleu, et la gorge est couverte de caractères réservés en noir sur fond rouge. Belle qualité.

5 — Deux jolis petits éléphants debout en émail noir, couverts de riches caparaçons émaillés bleu, et supportant des petits vases forme gourde en cuivre doré et émaillés à gouttelettes. Ils reposent sur des socles oblongs en bronze ciselé et doré, rehaussés d'émail bleu imitant la turquoise.

6 — Deux beaux vases forme carafe, couverts de fleurs émaillées en couleurs, sur fond bleu foncé.

7 — Deux grands vases forme rouleau, décorés de fleurs et d'oiseaux émaillés en couleurs sur fond bleu turquoise et enrichis de médaillons de diverses formes, décorés de branches de fleurs et d'oiseaux en couleurs sur fond blanc. Belle qualité.

8 — Deux petits vases forme bouteille, décorés de larges fleurs émaillées en couleurs sur fond noir.

9 — Deux vases forme balustre, à panse sphérique et à deux anses en bronze doré garnies d'anneaux mouvants. Ils sont décorés de vases et d'attributs divers émaillés en couleurs sur fond rouge, et la gorge est couverte de caractères émaillés noir sur fond bleu turquoise.

10 — Deux jolis brûle-parfums, formés chacun d'une perdrix debout émaillée jaune et bleu.

11 — Deux beaux vases forme rouleau, décorés de vases, d'attributs et de fleurs émaillés en couleurs sur fond bleu foncé.

12 — Deux jolis petits vases forme carafe en émail cloisonné, décorés de fleurs et d'oiseaux sur fond rouge.

13 — Jolie coupe, décorée à l'intérieur et à l'extérieur de personnages et de chevaux dans des paysages ; le tout émaillé en couleurs.

14 — Deux petits vases forme rouleau, décorés de vases de fleurs et d'ornements émaillés en couleurs sur fond bleu foncé.

15 — Deux boîtes de forme lenticulaire en émail cloisonné fond bleu turquoise et décorées de fleurs arabesques.

16 — Deux jolies boîtes rondes à couvercles en émail cloisonné à fleurs sur fond blanc et bordures bleues.

17 — Deux boîtes analogues à celles qui précèdent, mais plus petites.

18 — Deux boîtes de même forme, décorées de fleurs sur fond bleu foncé.

19 — Deux autres boîtes analogues, décorées de fleurs, d'oiseaux et d'insectes sur fond bleu turquoise.

20 — Deux buires en cuivre émaillé et peint à fleurs sur fond vert. L'une d'elles est en mauvais état.

21 — Théière à anse surélevée en cuivre émaillé de la Chine, decorée de dragons et d'ornements.

22 — Deux tasses avec soucoupes en émail de Chine, décorées de fleurs sur fond gros bleu.

23 — Petite boîte ronde en émail cloisonné de la Chine, décorée d'ornements sur fond bleu turquoise. Bouton en bronze doré.

PORCELAINES

24 — Grand et très-beau vase forme balustre, à gorge évasée, en ancienne porcelaine de Chine, décoré en émaux de la famille verte. Il est couvert de scènes d'intérieur et de paysages avec figures. Très-belle qualité. Haut., 78 cent.

25 — Très-beau vase de même forme que celui qui précède, mais un peu plus petit, en ancienne porcelaine de Chine, décoré en émaux de la famille verte. Il est couvert de fleurs, de rochers et d'oiseaux de la plus grande finesse d'exécution. Très-belle qualité. Haut., 74 cent.

26 — Vase forme rouleau, en ancienne porcelaine de Chine, décoré en émaux de la famille verte, et représentant des dames chinoises se livrant au plaisir de l'équitation, en présence de plusieurs personnages placés au balcon d'une habitation.

27 — Joli vase forme cornet, à panse à balustre, de même porcelaine, et décoré en émaux de la famille verte. Il est couvert de personnages en riches costumes, de la plus grande finesse d'exécution.

28 — Deux jardinières rondes en porcelaine de Chine, décorées de paysages en camaïeu bleu et rouge de cuivre.

29 — Deux grands vases à panse carrée, en porcelaine moderne de la Chine, décorés de paysages et de figures en émaux dits de la famille verte.

30 — Deux vases forme balustre, en porcelaine craquelée gris de la Chine, décorés de figures, de paysages et d'ornements émaillés en couleurs.

31 — Vase forme bouteille, en porcelaine de Chine, décoré de dragons à cinq griffes, émaillés vert sur fond blanc.

32 — Deux vases forme rouleau, en porcelaine moderne de la Chine, décorés de médaillons carrés renfermant des arbustes et des fleurs, et fond filigrané rouge et décoré de fleurs.

33 — Deux vases forme balustre en porcelaine craquelée
gris de la Chine, décorés de figures dans des paysages
en camaïeu bleu.

34 — Vase forme balustre carré à deux anses, en porcelaine de Chine jaspée rouge et violet.

35 — Vase analogue à celui qui précède, mais plus petit.

36 — Trois petits vases en porcelaine de Chine émaillés
noir uni. Deux ont la forme de bouteilles, le troisième
a la forme d'une gourde.

37 — Petit vase forme balustre, en porcelaine de Chine,
émaillé jaune nankin et décoré de palmettes et d'ornements en relief émaillés en couleurs.

38 — Petite jardinière ronde en porcelaine craquelée vert,
et à fleurs gaufrées sous émail.

39 — Petit plat rond en ancienne porcelaine de Chine,
décoré de fleurs et d'oiseaux en émaux de la famille
verte.

40 — Petit compotier en porcelaine de Chine, décoré de
fleurs et de fruits en couleurs, et enrichi de parties à
jour, couvertes seulement par une couche d'émail
transparent.

41 — Deux grands vases forme balustre en porcelaine de Chine, émaillés rouge haricot.

42 — Grand vase de même forme en porcelaine de Chine, jaspé violet.

43 — Vase forme balustre en porcelaine de Chine craquelée gris, à branches de vigne et ornements émaillés brun et bleu.

44 — Vase forme balustre, à deux anses dragons, en porcelaine de Chine, émaillé bleu uni.

45 — Vase forme balustre à côtes et col denté, en porcelaine de Chine jaspée violet.

46 — Sucrier sans couvercle, en porcelaine de Chine, décoré d'ornements émaillés en couleur sur fond varié de nuances.

47 — Deux vases forme balustre hexagone, décorés de paysages en camaïeu bleu et rouge de cuivre.

48 — Vase forme balustre, décor de figures émaillées en couleur sur fond bleu.

49 — Vase forme carrée, en ancienne porcelaine de Chine, décoré de médaillons, animaux et attributs en émaux de la famille verte.

50 — Vase forme balustre en porcelaine de Chine craquelée gris jaunâtre.

51 — Potiche à couvercle, en ancienne porcelaine de Chine,
décoré de figures dans des paysages en émaux de la
famille verte.

52 — Deux vases analogues à celui qui précède, plus petits
et sans couvercles.

53 — Vase forme balustre, à col droit, en porcelaine de
Chine craquelée gris et décoré de figures et paysages
en camaïeu bleu.

54 — Vase forme balustre en porcelaine de Chine émaillée
rouge violacé.

55 — Vase forme rouleau en céladon bleu ampois, gaufré,
à ornements en relief.

56 — Petit vase forme balustre en porcelaine craquelée
gris jaunâtre, et décoré de figures en camaïeu bleu.

57 — Vase forme balustre, à col évasé, émaillé rouge haricot.

58 — Deux plateaux ronds émaillés bleu uni.

59 — Trois plateaux analogues, mais plus petits.

60 — Brûle-parfums, de forme cylindrique, à filets saillants, en terre émaillée gris jaunâtre. Socle et couvercle en bois sculpté.

61 — Petite jardinière de forme surbaissée, en porcelaine de Chine, décorée à l'imitation du bronze.

62 — Plat rond en ancienne porcelaine de Chine, décoré en émaux de la famille verte et représentant des guerriers combattants.

63 — Vase forme balustre, à col droit, en porcelaine craquelée gris de la Chine, décoré de figures en camaïeu bleu.

64 — Vase forme bouteille en porcelaine de Chine, fond bleu empois, décoré de paysages en camaïeu bleu et rouge de cuivre.

65 — Vase forme balustre, en porcelaine jaspée de la Chine sur fond gris clair.

66 — Vase forme balustre, à deux anses, de même porcelaine et émaillé de même.

67-69 — Divers vases forme balustre en porcelaine de Chine émaillée rouge haricot. Ils seront vendus par deux.

70 — Vase forme balustre en porcelaine craquelée gris de la Chine, décoré de branches de vigne en relief émaillées brun et bleu.

71 — Vase forme balustre en porcelaine de Chine jaspée violet.

72 — Vase forme balustre, à deux anses, en porcelaine de Chine, émaillé vert d'eau et décoré de paysages, avec figures et inscriptions en camaïeu bleu.

73 — Vase de même forme, à côtes transversales, émaillé bleu uni.

74-75 — Divers vases forme bouteille en porcelaine de Chine émaillée rouge haricot.

76 — Deux petits vases forme balustre, à anses têtes chimériques, en porcelaine moderne de la Chine, décorés de personnages et d'ornements émaillés en couleurs.

77 — Deux vases en porcelaine de Chine, forme bouteille, émaillé bleu uni.

78 — Vase forme balustre en porcelaine de Chine, émaillé bleu et décoré de fleurs gaufrées en relief et réservées en blanc.

79 — Vase en céladon vert d'eau, à col plissé, décoré de rosaces et de rubans en camaïeu bleu.

80 — Deux vases forme balustre en céladon vert d'eau, décorés de figures dans des paysages en camaïeu bleu.

81 — Vase forme bouteille, orné d'un dragon en relief, en porcelaine de Chine émaillée vert d'eau.

82 — Vase forme bouteille en porcelaine de Chine émaillée bleu empois et décoré d'une chimère en bleu et rouge de cuivre.

83 — Vase de même forme, émaillé rouge jaspé.

84 — Vase forme rouleau en porcelaine de Chine émaillée bleu fouetté.

85 — Tasse-présentoir avec plateau à pans décorée d'animaux et d'arbustes.

86 — Vase forme balustre en porcelaine craquelée et décoré en camaïeu bleu.

87 — Vase forme baril en porcelaine de Chine émaillée rouge haricot.

88 — Divers vases forme balustre, de même qualité.

89 — Deux pitongs en porcelaine craquelée, décorés en camaïeu bleu, à figures et parties découpées à jour.

90 — Jardinière ronde et plate en grès émaillé vert d'eau et craquelé.

91 — Petite coupe plate en porcelaine craquelée gris.

92 — Vase forme bouteille en porcelaine de Chine décoré de dragons et de nuages en camaïeu bleu.

93-95 — Divers vases forme bouteille et forme balustre, émaillés de diverses nuances.

96 — Deux vases forme balustre en porcelaine blanche craquelée, décorés d'oiseaux et de fleurs en camaïeu bleu.

97 — Coupe forme fleur en terre émaillée brun jaspé.

98 — Garniture de trois vases forme balustre en porcelaine de Chine craquelée, décorés de grappes de raisin et d'écureuils émaillés brun et bleu.

99 — Deux grands vases en céladon vert d'eau, décorés de figures et attributs en camaïeu bleu.

100 — Deux vases forme balustre carré à anses formées de groupes de figures, en porcelaine de Chine, décorés de figures et de fleurs émaillées en couleurs. Les couvercles sont surmontés de figures de femmes.

101 — Vase forme balustre en porcelaine de Chine émaillé à l'imitation du bronze.

102 — Vase forme balustre en céladon vert d'eau et bandes d'ornements émaillés brun.

103 — Vase forme gourde en terre émaillée vert, et ornements gaufrés en relief. Pièce curieuse et d'une grande légèreté.

104 — Deux petits vases forme droite en céladon bleu empois, décorés de figures en camaïeu bleu.

105 — Quatre petits vases en porcelaine craquelée gris, décorés de figures en camaïeu bleu.

106 — Deux vases forme droite, modèle bambou, émaillés jaune nankin et décorés de vases de fleurs en relief émaillés en couleurs.

107 — Joli porte-allumettes formé d'un vase surbaissé sur lequel s'appuie un personnage couché. Ancienne porcelaine de Chine décorée en émaux de la famille verte.

108 — Trois petits vases à eau forme fruit, en porcelaine de Chine.

109 — Deux figures d'enfants debout en ancienne porcelaine de Chine, décorées en émaux de la famille verte.

110 — Deux jardinières de forme ovale à contours en porcelaine de Chine, décorées de dragons et de feuillages sur fond gros bleu.

111 — Jardinière analogue sur fond vert clair.

112 — Jardinière ronde en porcelaine de Chine, à décor d'or sur fond rouge.

113 — Deux petits vases en porcelaine craquelée gris de la Chine, décorés de figures en camaïeu bleu.

114 — Deux petites chimères debout en porcelaine de Chine, émaillées bleu ampois.

115 — Trois bouteilles en porcelaine de Chine, dont une marbrée et deux décorées d'ornements et portant des inscriptions.

116 — Trois bols en porcelaine de Chine, dont deux à fond rouge décorés de fleurs, et le troisième fond jaune gravé à médaillons.

117 — Petit plateau à compartiments, décoré de figures et de nuages en bleu et rouge de cuivre. Fabrique de Kinytang, de l'intérieur du palais.

118 — Quatre petits bols à décors variés.

119 — Deux petits vases forme potiche surbaissée, décorés de figures.

120 — Quatre petits groupes en porcelaine de Chine, personnages émaillés brun et en couleurs.

121 — Deux bols en porcelaine de Chine, décorés de figures fantastiques en camaïeu bleu sur fond rouge.

122 — Jardinière ronde en porcelaine de Chine, fond jaune clair, décorée de dragons émaillés en couleurs.

123 — Vase forme rouleau en porcelaine de Chine, décoré de médaillons de paysages, et portant des inscriptions.

124 — Trois figures diverses en terre émaillée.

125 — Vase forme droite en porcelaine craquelée de la Chine, décoré de figures en camaïeu bleu.

126 — Vase forme balustre fond bleu empois et décoré en camaïeu bleu.

127 — Très-petit vase forme balustre carré en porcelaine de Chine, décoré d'ornements en relief dorés sur fond bleu.

128 — Neuf tasses en porcelaine de Chine en forme de fleurs, chacune d'un modèle différent.

129 — Neuf tasses variées de décors. L'une d'elles porte la marque de Yong-Lo, fondateur de Péking.

130 — Deux vases en porcelaine de Chine forme balustre, décorés de figures émaillées en couleurs et portant des inscriptions.

131 — Bol en porcelaine de Chine, décoré de rosaces et ornements variés en bleu et rouge de cuivre.

132 — Coupe forme fruit en terre émaillée rouge et violet jaspé.

133 — Divinité (Kang-Hou) en poterie de Satzuma, avec lance en deux pièces.

134 — Enfant jouant avec un masque ; groupe en poterie
de Satzuma.

135 — Femme poëte ; figure en poterie de Satzuma.

136 — Guerrier sur un rocher et monstres grimpant ;
groupe de Satzuma.

BRONZES

137 — Deux grands vases forme balustre, décorés de dragons, chevaux, oiseaux et arbustes en haut-relief. Travail chinois.

138 — Brûle-parfums de forme sphérique reposant sur
trois pieds droits à têtes chimériques et à anses en S.
Il est décoré d'ornements en relief. Couvercle en bois
sculpté et découpé à jour, avec bouton en pierre de
lard.

139. — Brûle-parfums ou jardinière en bronze incrusté
de petits filets d'argent et frise d'ornements en relief.
Anses à têtes d'animaux et anneaux mouvants.

140 — Deux petits vases en bronze niellé d'argent.

141 — Figurine d'homme dansant en bronze, sur terrasse
en bois sculpté.

142 — Brûle-parfums formé d'un personnage monté sur
un buffle. Socle en bois sculpté.

143 — Deux petits plateaux ronds en bronze niellé d'argent sur socles à trépied en bois sculpté.

144 — Brûle-parfums en bronze de forme sphérique reposant sur trois pieds droits et à anses surélevées. Socle
et couvercle en bois sculpté.

145 — Brûle-parfums de forme surbaissée à deux anses
en bronze, décoré d'ornements en relief.

146 — Très-petit brûle-parfums en bronze niellé d'argent,
reposant sur trois pieds droits et à deux anses surélevées.

147 — Brûle-parfums de forme rectangulaire en bronze,
décoré d'animaux se jouant dans les flots, le tout en
relief. Le couvercle, décoré de même, est repercé à
jour. Marque de fabrique en relief.

148 — Brûle-parfums de forme oblongue analogue à celui
qui précède et portant également une marque de fabrique en relief.

149 — Brûle-parfums en bronze en forme de gobelet à
couvercle, décoré de dragons et repercé à jour. Marque
à six caractères.

150 — Grand brûle-parfums à panse sphérique reposant sur trois pieds droits et à deux anses surélevées. Bronze noir.

151 — Brûle-parfums analogue à celui qui précède, mais plus petit.

152 — Autre brûle-parfums analogue à anses en S et pieds cintrés.

153 — Statuette en bronze, la déesse Kouan debout.

154 — Grand brûle-parfums rectangulaire reposant sur quatre pieds et à deux anses surélevées. Arêtes aux angles en haut-relief et ornements ciselés.

155 — Brûle-parfums de même forme, mais beaucoup plus petit que celui qui précède. Les pieds de celui-ci sont plats et découpés; socle en bois sculpté.

156 — Deux gobelets en bronze niellé d'argent.

157 — Divinité chinoise en bronze.

158 — Brûle-parfums de forme surbaissée, en bronze, muni d'une patine brun clair.

159 — Deux assiettes rondes en bronze niellé d'argent.

160 — Deux brûle-parfums formés chacun d'un animal debout tenant une fleur.

161 — Petit vase forme balustre en bronze niellé d'argent.

162 — Petite boîte ronde et deux plateaux en bronze niellé d'argent.

163 — Petite coupe ronde simulant l'écorce d'un arbre, en bronze, sur socle en bois sculpté.

164 — Petite divinité accroupie en bronze, sur socle en bois sculpté et branches de corail.

165 — Deux vases, l'un forme balustre, et l'autre modèle cornet carré, en bronze.

166 — Petit brûle-parfums en bronze jaune, portant des caractères en relief.

167 — Petit plateau oblong en métal blanc gravé à paysage et galerie découpée à jour.

168 — Deux petits écrans ronds en bronze, à ornements en relief sur une face, et niellures d'argent sur l'autre ; socle en bois.

169 — Brûle-parfums à panse sphérique, reposant sur trois pieds droits et à anses surélevées en bronze niellé d'argent.

170 — Brûle-parfums, formé d'un oiseau debout sur socle.

171 — Brûle-parfums reposant sur trois pieds à têtes chimériques, à deux anses dragons et à couvercle surmonté d'une chimère.

172 — Deux Brûle-parfums formés chacun d'un canard debout sur une feuille de lotus. Bronze chinois.

173 — Garniture de cinq pièces en bronze : brûle-parfums formé d'un personnage monté sur un daim, deux autres brûle-parfums en forme de canards, et deux flambeaux formés d'oiseaux debout.

174 — Garniture de trois pièces en bronze du Tonkin, enrichie de médaillons de fleurs en relief et dorées.

175 — Très-petit vase en bronze forme balustre carré taché d'or.

176 — Animal couché, en bronze, formant brûle-parfums.

177 — Brûle-parfums carré à deux anses, en bronze décoré d'ornements en relief.

178 — Très-petit vase en ancienne porcelaine craquelée gris noirâtre.

179 — Deux flambeaux formés d'é'éphants debout, en porcelaine blanche.

MATIÈRES PRÉCIEUSES

180 — Cristal de roche. — Petite divinité debout sur socle en bois sculpté.

181 — Agate blanche. — Plateau forme feuille avec branchages découpés à jour.

182 — Jade verdâtre. — Deux petites coupes oblongues à une anse tête chimérique.

183 — Jade gris verdâtre. — Petite coupe ronde, décorée d'ornements en relief et à deux anses têtes d'animaux chimériques.

184 — Jade verdâtre. — Deux petites coupes formées chacune d'une demi-courge avec branchages repercés à jour.

185 — Jade gris et blanc. — Trois plaques décorées de fleurs et de dragons repercés à jour.

186 — Cinabre. — Six petites coupes rondes unies.

187 — Quatre petits morceaux de lapis de Perse et un collier formé de boules en cornaline et en cristal de roche.

188 — Deux pièces : petite coupe ronde en jade et coquille sur socle en bois sculpté.

189 — Ecran en bois de fer sculpté, enrichi d'appliques en
jade de diverses nuances et de deux plaques en bronze
niellé d'argent.

190 — Agate orientale blonde. — Coupe forme feuille
avec branchages pris dans la masse.

191 — Cristal de roche. — Joli vase forme balustre carré
à angles coupés, gravé à ornements et évidé d'épais-
seur. Il est accompagné d'un couvercle de même ma-
tière et son pied est en argent gravé et doré.

192 — Cristal de roche. — Vase de forme sphérique à
lobes et à côtes, avec couvercle. Monture en argent
émaillé.

193 — Jade vert foncé. — Petite coupe sur piédouche
incrustée d'or, de rubis et de turquoises.

194 — Jade gris verdâtre. — Petit vase forme balustre
carré et aplati à deux anses, anneaux mouvants pris
dans la masse et ornements gravés.

195 — Jade gris. — Petite coupe forme fruit avec branchages et feuillages pris dans la masse. Socle en bois
de fer.

196 — Jade blanc. — Groupe composé d'une figure d'enfant, d'animaux et de branchages repercés à jour.

OBJETS VARIÉS

197 — Deux grands et beaux rouleaux peints sur soie représentant des personnages grandeur nature en riches costumes du pays.

198 — Rouleau peint sur papier, représentant un personnage dans l'attitude de la course.

199 — Trois rouleaux peints sur papier et représentant des paysages et des figures.

200 — Boîte de forme rectangulaire en laque du Japon à fond noir et décor d'arbustes en or en relief.

201 — Belle boîte de forme sphérique aplatie, en laque rouge de Pékin, ciselée en relief et décorée de dragons se jouant dans les flots.

202 — Boîte ronde et plate en laque rouge ciselée, à paysages et figures.

203 — Deux boîtes de forme lenticulaire en laque rouge ciselée à fleurs.

204 — Jardinière de forme oblongue en laque rouge ciselée à paysages et figures sur fond vert.

205 — Deux jardinières de même forme et de décor analogue, mais plus petites.

206 — Boîte de forme contournée en laque rouge ciselée, à figures, paysages et ornements.

207 — Plateau rond, à contours en laque rouge ciselée, à figures et fleurs.

208-210 — Dix petites boîtes en laque rouge, de formes et de décors variés. — Ce lot sera divisé.

211 — Grande boîte oblongue et plate en laque rouge ciselée, à figures, paysages et fleurs.

212 — Boîte analogue à celle qui précède, mais plus petite.

213 — Pitong en laque rouge de Pékin sur bambou, décoré de paysages et de figures en bas-relief.

214 — Deux petits écrans en laque incrusté de figures en nacre sculptée en relief. Monture en bois de fer.

215 — Bois. — Brûle-parfums carré, en bois de bambou très-finement sculpté.

216 — Ivoire. — Jonque chinoise, décorée d'ornements et d'animaux sculptés et découpés à jour, et montée par quantité de figurines finement sculptées.

217 — Ivoire. — Grande jonque analogue à celle qui précède. Les figures qui montent celle-ci sont peintes.

218 — Bois. — Figure de bonze en racine sculptée, reposant sur un socle également en racine.

219 — Bois. — Groupe de fruits en racine sculptée.

220 — Bois. — Deux pièces en racine sculptée, coupes forme fruit et forme feuille.

221 — Bois. — Boîte en forme de tronc d'arbre, montée en étain et pitong, formée d'une racine.

ÉTOFFES

222 — Grande et belle portière en satin cerise, brodée en soies de couleurs et or. Elle représente une figure de divinité chinoise debout, accompagnée d'un daim.

223 — Costume de dame chinoise en étoffe de soie brochée à fleurs et oiseaux en couleurs sur fond bleu. Il se compose d'un pardessus et d'une jupe.

224 — Trois portières en drap rouge brodées en soies de couleurs et or, à fleurs et attributs.

225 — Couvre-lit de même travail.

226 — Six morceaux pour canapés ou banquettes, en drap rouge brodé en soie bleue et blanche.

227 — Huit morceaux pour siéges de même travail.

228 — Deux petits morceaux pour coussins ou bras de
siéges en étoffe de soie noire brodés en soie de couleurs.

RED. :

22

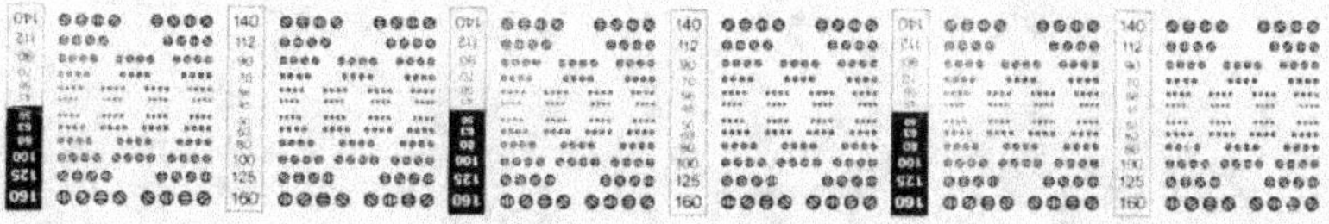

MIRE ISO N° 1
NF Z 43-007
AFNOR
Cedex 7 - 92080 PARIS LA DÉFENSE

www.ingramcontent.com/pod-product-compliance
Lightning Source LLC
LaVergne TN
LVHW010444060726
842527LV00005B/1688